Die Tänzerin des Königs

2

Jenny Liz
Sabrina Steinert

Inhalt

Kapitel 06
Eifersucht

Violet?

SCHRECK

Äh ... was?

Du träumst ja am hell-lichten Tag!

Ent-schuldige, was hast du gerade gesagt?

Ich meinte, dass es eine großartige Idee von dir war, die Reste des Essens den Armen zu geben, statt sie an die Schweine zu verfüttern.

Lass uns das morgen wieder machen, ja?

Ja, auf jeden Fall.

Oh Gott!

Violet!

Luisa?!

Geht es dir gut? Ich hab gesehen, wie die Soldaten dich abgeführt haben! Ich hab mir solchen Sorgen gemacht!

Ja, alles in Ordnung. Es war nur ein Missverständnis.

Hätte ich geahnt, dass du dieses Spektakel gestern mitbekommen hast, wäre ich sofort zu dir in die Bäckerei gekommen.

Ein Missverständnis? So sah das aber nicht aus!

Was, wenn du dich irrst? Er ist nicht so tyrannisch, wie du ihn immer beschreibst.

Hör auf zu träumen! So hart es klingt: Ich denke, er will nur das eine von dir!

Such dir lieber jemanden, der dich auf Händen trägt! Einen, der dich wirklich liebt, Violet.

Ach, Zoe, ich weiß nicht ...

Wieso kann ich nicht aufhören an ihn zu denken?

Warum will ich unbedingt etwas Besonderes für ihn sein?

Wieso ist alles auf einmal so kompliziert geworden?

KLIRR

Oh?

Zoe? Kommst du? Deine Pause ist doch gleich vorbei.

Och, einen Moment haben wir noch Zeit.

Ja, klar.

Also, welcher ist es?

Der Dunkel- blonde dahinten, sein Name ist Ryu ...

Dann lass uns mal hin- gehen!

Was? Nein! Er weiß doch gar nichts davon!

Stell dich nicht so an, du bist doch sonst auch nicht auf den Mund gefallen!

Der Kerl ist zwar ziemlich impulsiv, aber die drei sind die besten Männer des Königs und ziemlich dicke miteinander.

Der Kerl ?!

Ja! Der Kerl! Ich hab nämlich keine Ahnung, wie er heißt oder wer er ist.

Er trägt immer diese dämliche Maske, als hätte er was zu verbergen!

Aber irgendwann finde ich das auch noch heraus.

Du und deine Neugier.

Lass uns gehen, du kommst sonst noch zu spät vor lauter Träumerei.

Einige Stunden später

Hm ...
Das Bad
hat gut-
getan.

Schön,
nicht
wahr?

Wie
...?

Was
zum Henker
hat Violet mit
Flint hier oben
zu suchen?!

Das ist
die könig-
liche Terrasse,
Von hier kannst
du die ganze
Stadt über-
blicken!

Außerdem
gibt es hier
viele seltene
und exotische
Pflanzen.

Kapitel 07
Du gehörst mir

Schön, dass du mich begleitest.

Du hast mir nämlich vom ersten Augenblick an gut gefallen.

?!

Und ich freue mich wirklich sehr, dich besser kennenlernen zu dürfen, Violet.

Derweil auf der Terrasse

Der braucht aber ganz schön lange. Ob alles in Ordnung ist?

Vielleicht sehe ich besser mal nach?

?

Oh! Eure Majestät!

Nanu? Wo ist Flint hin?

Der hat was zu erledigen.

Und du wirst nun mit mir kommen!

Äh?

Kane

Kane, du wirst diesem Bauernmädchen doch wohl nicht hinterherlaufen wollen?

Was soll denn der Hofstaat von dir denken? Außerdem würdest du auch mich bitter enttäuschen ...

Vergiss nicht, wer immer für dich da war und es trotz allem noch immer ist ...

Das bin ganz allein ich, Kane!

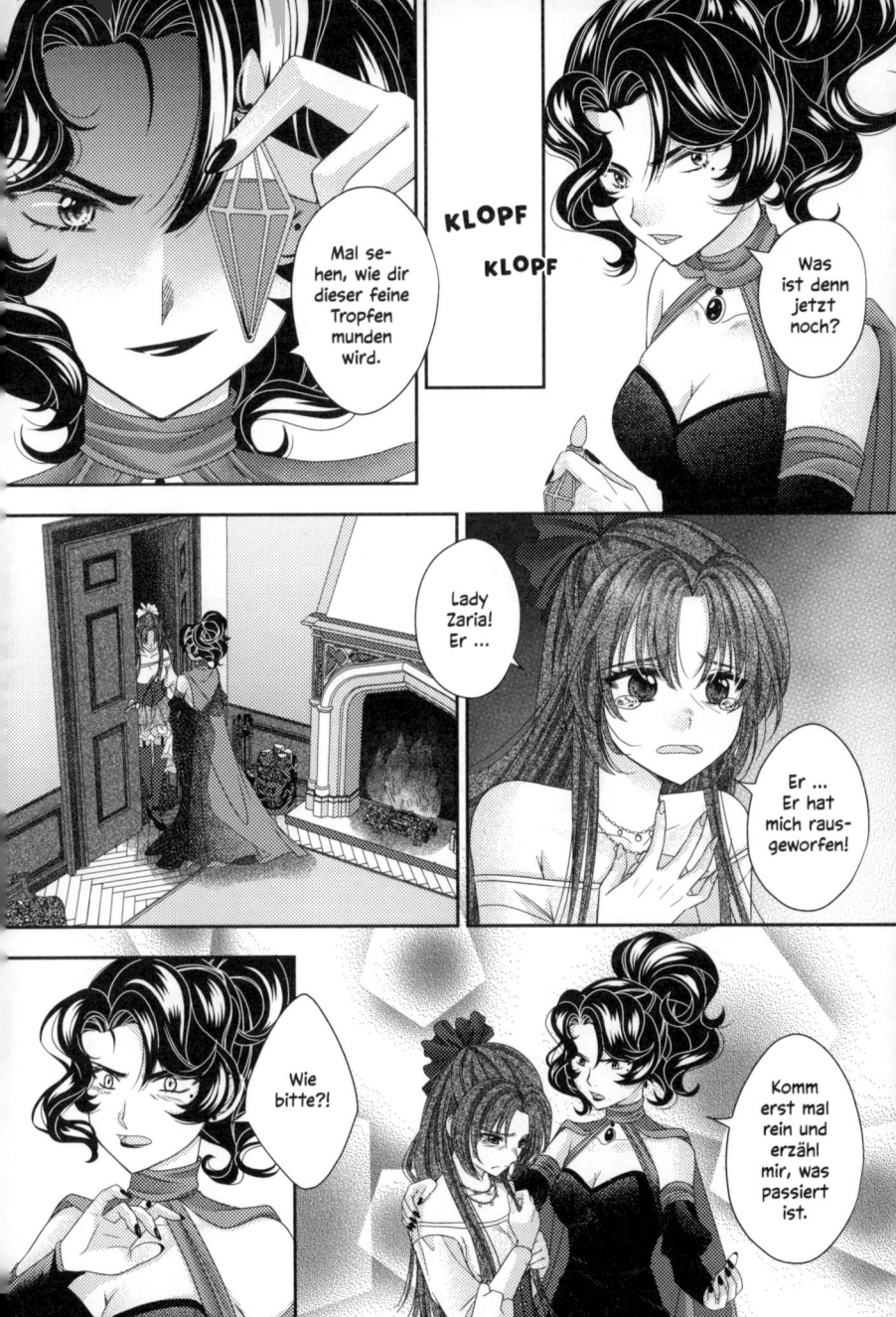

Zuerst hab ich für ihn getanzt und wollte ihn aus der Reserve locken, so wie Ihr es mir geraten habt.

Gerade als ich dachte, er hat Gefallen daran gefunden und wir kämen uns näher ...

Am Abend im Speisesaal der Bediensteten

Was ist jetzt eigentlich mit dir und Flint?

Nichts! Er ist während unserer Verabredung einfach verschwunden ...

Wie bitte? hat dic stehe lassen

Ja, der König hat nach ihm gerufen.

Aber Zoe, das ist wirklich nicht schlimm. Er ist eh nicht so mein Typ.

Echt nicht? Wieso?

Nein, sag mir lieber, wie lief es bei dir und Ryu?

Och, ich glaube, ganz gut.

?

Ich hol mir noch was zu trinken, bin gleich zurück.

Warte, ich komme mit.

Wie, du glaubst? Seid ihr nun zusammen oder nicht?

Weiß ich nicht!

Ent-schul... Ryu!

Wie? Das weißt du nicht?

War das gestern nicht deutlich genug? Müssen wir das heute Nacht wiederholen?

Oh!

KNALL

Kapitel 08
Wettlauf gegen die Zeit

Was hat sie nur? Egal, was ich versuche, sie wacht einfach nicht auf.

Wie wäre es, wenn du dich mir mitteilst, statt sie einfach nur anzustarren, Zaria? Was hat sie?!

Vielleicht ist es ein Zauber oder ein Gift?

Sie retten? Den Teufel werd ich tun!

Eure Majestät?

Was ist?

Äh ... Ich ... Also, ich glaube, Violet wurde vergiftet, Eure Majestät.

Wie kommst du darauf?

Das werde ich nicht zulassen! Davon will ich kein Wort hören!

SCHNIEF

Verzeiht.

Ich werde jemanden aufsuchen, der ihr vielleicht helfen kann.

Und du wirst ihr nicht von der Seite weichen, bis ich zurück bin, Zoe!

Niemand außer mir wird sie anrühren oder ihr ein Gegenmittel verabreichen. Auch Zaria nicht!

Ja, natürlich, Eure Majestät! Verstanden!

Du musst
durchhalten,
Kätzchen
...

Magie verlernt man nicht. Das müsstet Ihr doch am besten wissen.

Aber da Ihr die Anwendung von Magie verboten habt, nutze ich sie natürlich nicht mehr.

Ich will meine letzten Tage wed ten Tage im Kerker ve bringen noc auf dem Sche terhaufen enden.

Hmpf! Ich frage dich das nicht, um dir etwas anzuhängen.

Warum dann?

Als wenn du das nicht wüsstest!

Halte durch, Violet. Er wird ganz sicher bald zurück sein.

KNARR

Wie geht es ihr?

Unverändert.

Wir haben alles durchsucht. Nirgendwo ist etwas, was auf das Gift oder seine Herkunft hinweist. Es ist wie verhext.

Wie kann das sein? muss doch eine Spur geben?

Kapitel 09
Geheimnisse

Ach, Mutter, ihr habt mir so gefehlt.

Du uns auch, mein Schatz. Ich bin so froh, dass dein Vater sich endlich mit König Lucas Darcia einigen konnte.

Ja, ein Glück! Doch du hast mir noch immer nicht gesagt, auf was sie sich geeinigt haben?

Violet, hörst du mich? Wach auf!

Aaah!

Beruhig[e] dich, Viole[t]. Es ist all[es] in Ordnun[g].

Zoe?

Ich bin so froh, dass du endlich aufgewacht bist!

Oh Gott, Violet! Ich hatte solche Angst um dich!

Äh ... Zoe, was ist denn passiert?

Du wurdes[t] vergifte[t].

Ryu tut alles, um das herauszufinden! Wir wissen nur, dass jemand Nachtschatten-kraut in deinen Trinkbecher getan hat.

Ver-giftet?

Aber wer könnte mich umbrin-gen wollen? Ich hab doch keinem was getan?

Ein Glück, dass der Kö-nig so schnell ein Heilmittel besorgen konnte!

Aber sag, wie fühlst du dich? Geht es dir bes-ser?

Nanu? Das ist doch das Gemach des Königs?

Ich bin ein wenig müde, aber sonst geht es mir gut.

Gott sei Dank!

Ja, ist es.

König Varian war wegen deines hohen Fiebers so in Sorge, dass er die letzten zwei Tage nicht von deiner Seite gewichen ist.

Zwei Tage?! Er ... Er ist nicht von meiner Seite, gewichen? Wirklich?

Ja, Ryu musste ihn dazu zwingen, sich jetzt auch mal auszuruhen.

Er war so besorgt um mich, dass er die ganzen Tage hiergeblieben ist?

Ach so, deine Freundin Luisa war mehrmals hier und hat nach dir gefragt. Ryu hat sie dann zu mir geschickt.

Ich hab ihr natürlich nicht gesagt, was genau passiert ist!

Aber sie wirkte sehr nervös, du solltest bei ihr vorbeischauen, sobald es dir etwas besser geht.

Violet! Ich ... Ich wollte nicht ...

Es ist nicht so, wie es aussieht! Ich wollte hier nicht herumschnüffeln!

Jetzt ist alles aus!

Ich wollte dir nur eine Freude machen und dir ein wenig Gebäck bringen. Aber dabei hab ich versehentlich das Nachtlicht umgestoßen.

Als ich die Scherben wegfegen wollte, habe ich dieses Kleid und den Schmuck hier gefunden.

Ich kann nicht mehr ...

Das tut mir so unendlich leid ...

Ich bin für dich da ...

Willst du mir erzählen, was passiert ist? Kann ich dir irgendwie helfen?

...

Als Asteria angegriffen wurde, hat mein Vater mich mit Luisa hierher nach Nordra geschickt. Er war sicher, dass mich hier niemand vermuten würde.

Eigentlich wollten wir zurückgehen, wenn meine Eltern alles wieder unter Kontrolle haben, doch das haben sie nicht mehr geschafft.

Violet ... Wie schrecklich!

Ver-
stehe
...

Dann hat
es dir viel-
leicht sogar
das Leben ge-
rettet, dass
du eine Dra-
kin bist.

Wie
meinst
du das?

Das Nacht-
schattenkraut,
mit dem du ver-
giftet wurdest,
wirkt normaler-
weise sofort
tödlich.

Das hat
Ryu mir
jedenfalls
gesagt
...

Darüber
hab ich gar
nicht nachge-
dacht. Aber ja,
du hast recht,
für uns Drakin
ist es gefähr-
lich, aber nicht
tödlich.

HMM

Weißt du
was? Ab jetzt
hast du nicht
nur Luisa als
Verbündete!

Pass auf, wie du mit mir sprichst! Soweit ich mich erinnere, konnte ihr nichts nachgewiesen werden.

Die Alte war seine Beraterin und die Zofe deiner Mutter. Niemand kam so nah an deinen Vater heran wie sie!

Wer hätte es also sonst gewesen sein sollen?

Pfff, vielleicht war Violets Vergiftung ja ein Komplott, um an dich ranzukommen?!

Unsinn! Wie hätte Gwyn denn ins Schloss kommen sollen?!

Ich bitte dich! Hat dieses dumme Mädchen dich schon so sehr um den Finger gewickelt, dass du nicht mehr klar denken kannst?

Wie kann er es wagen, so mit mir umzugehen?

Nach allem, was ich für ihn getan habe.

TAPP

TAPP

Violet ...

Sieh an, es scheint dir wieder besser zu gehen?

Allerdings, es geht mir wieder gut!

Ich wollte mich gerade bei König Varian bedanken. Immerhin hat er mir das Leben gerettet.

Von nun an werde ich mich wie-der um die Bedürfnisse des Königs kümmern.

Du warst ja offenbar nicht in der Lage, ihm gerecht zu werden.

Wie bitte?

Kapitel 10
Spiel mit dem Feuer

Schluss damit! Ich muss mich zusammenreißen!

Es führt kein Weg daran vorbei. Wenn ich Gewissheit haben will, muss ich mit ihm reden.

Zaria wird schon sehen, dass ich sehr wohl dazu in der Lage bin, ihn glücklich zu machen!

Wenn er mich nicht will, dann soll er mir das schon selbst sagen.

Ich hab nichts mehr zu verlieren.

DRÜCK

KLOPF

KLOPF

KLACK

Was willst du no...

Oh, du bist es, Kätzchen.

Äh...

Komm rein!

J... Ja, danke!

So viel zu »Er will seine Ruhe«. Blöde Zaria ...

HMPF

Geht es dir besser?

Äh, ja.

Ich wollte mich bei Euch bedanken.

Zoe sagte mir, dass Ihr ein Heilmittel für mich besorgt habt, und ... na ja ...

»Und ... na ja«, was?

Und ... dass Ihr ganze zwei Tage an meinem Bett gewacht habt.

Ja, das hab ich.

Sag, was hältst du davon, mir noch eine Weile Gesellschaft zu leisten?

Ähm ... Also, ich ... Zaria meinte gerade, Ihr wollt Eure Ruhe?

Meinte sie das?

Tse ... Zaria hat keine Ahnung.

Also, was ist? Bleibst du noch ein wenig?

Du kannst ihm nicht gerecht werden.

Ich ...

Na gut, ich bleibe!

Aber nur, wenn Ihr mit mir schlaft!

Wie bitte?

Was sagst du da?

Jetzt ...ut doch ...ht so! Ich ... doch ge... ...en, wie Lady ...ria aus Eu... ...m Zimmer kam!

Und sie hat mir sehr deutlich gemacht, dass ich mich von Euch fernhalten soll, weil sie das Bett mit Euch teilt!

Es macht mich wahnsinnig, wenn ich nur daran denke!

KRALL

Weder Zaria noch eine andere lag in den letzten Tagen in meinem Bett! Die Einzige, die darin lag, warst du!

Ach, und warum habt Ihr dann zugelassen, dass sie mich nach unserem Kuss einfach aus Eurem Zimmer wirft?

Ja, das war ein Fehler ...

... der sich nicht noch einmal wiederholen wird.

Wirk-lich?

Ja, wirklich ...

Ich hab das noch nie gemacht. Ich ...

...

Über- lass das mir.

Du musst keine Angst haben. Wenn du etwas nicht willst, sagst du es mir.

Eure Majestät ...

Und hör endlich auf, mich »Eure Majestät« zu nennen.

Ich heiße Kane.

Na ... Na gut, Kane.

Glaub mir, ich werde das Bett mit keiner anderen mehr teilen als mit dir ...

Wirst du das auch noch sagen, wenn du von mir bekommen hast, was du willst?

Aah
...

Du wirst
schon
sehen
...

Ich werde
dir beweisen,
dass du für
mich die Ein-
zige bist.

Es ist so
angenehm
warm heute
Morgen.

Uh
...

BLINZEL

Etwas später

Hi hi, Ryu!

Schluss jetzt! Was, wenn uns jemand sieht! Ich hab noch nicht Feierabend!

Hm, mir egal.

Hi hi

Das war doch Zoes Stimme?

Zoe? Bist du da?

Oh!

Violet!

Äääh, ich wollte nicht stören!

...

Ach Viol ...

Zoe! Ich hab eine Idee!

Vielleicht kann König Varian mir ja helfen, mein Reich zurück-zubekommen? Dafür müsste ich ihm nur die Wahrheit über mich sagen!

Bist du verrückt geworden? Haben wir nicht gerade noch darüber ge-sprochen wie gefährlich das ist?

Du kannst unseren König nicht so einfach von seinem Hass auf Drachen heilen.

Und vor allem: Was ist, wenn du dich irrst? Es könnte dich das Leben kosten!

Dann lass es mich herausfinden!

Lass mich herausfinden, ob ich seinen Hass auf meinesgleichen mildern kann.

Ich halte das für keine gute Idee. Du bist meine beste Freundin, ich will nicht, dass dir was passiert!

Zoe, bitte.

Wieso musst du immer deinen Kopf durchsetzen?

SEUFZ

Na gut, aber ich will in alles eingeweiht werden, in jedes noch so kleine Detail.

In alles, versprochen!

Und nur langsames Herantasten. Wenn es zu gefährlich wird, brechen wir alles sofort ab!

Ja!

Nicht nur, dass er mit dieser kleinen Schlampe geschlafen hat. Nein, er zieht sie mir vor!

Aber Lady Zaria, vielleicht ist sie doch normal und der Heiltrank hat sie gerettet?

Auuu...

Wie bitte? Stellst du mich gerade infrage?!

Das Einzige, was du tun solltest, war, dieses kleine Miststück aus dem Weg zu räumen. Hättest du deine Aufgabe richtig gemacht, wäre dieses Problem nun gelöst.

Möchtest du lieber andere Aufgaben? Vielleicht den Schweinestall ausmisten?

Nein, natürlich nicht. Aber ich habe mich damit abgefunden, dass ich keine Chance bei ihm habe ...

Was, wenn er sich wirklich in Violet verlie...

Aaah!!

Wage es nicht, das auszusprechen!

Sieh zu, dass du das wieder in Ordnung bringst. Sonst sorge ich dafür, dass der König erfährt, wer das Gift in den Becher gemischt hat.

Das willst du doch sicher nicht, oder?

Äh ... N... Nein, Lady ... Zaria!

DRÜCK

PAMM

Wie konnte es nur so weit kommen? Ich dachte, sie meint es gut mit mir ...

Stattdessen ist sie die böse Hexe.

Und nun habe ich keine andere Wahl mehr, als Violet zu töten, um selbst am Leben zu bleiben.

Fortsetzung folgt in Band 3

Schloss ♡

Zoes Plauderei aus dem Nähkästchen

Hey, ihr Lieben! Ich bin's wieder, eure Zoe! Auch diesmal habe ich wieder ein paar interessante Einblicke hinter die Kulissen für euch!

Auf unserer Landkarte könnt ihr sehen, wie weit Violet und Luisa laufen mussten, um von Asteria nach Nordra zu kommen.

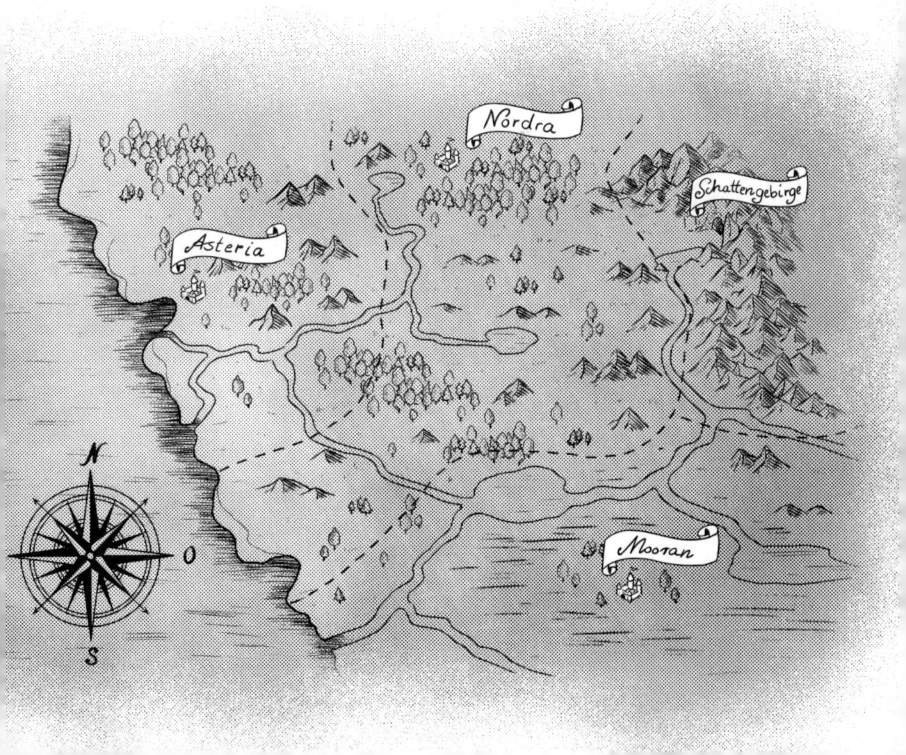

Nordra

Schattengebirge

Asteria

Mooran

N

O

S

Nach einem matschigem Abenteuer

Ryu

Und? Siehst du die alte Zofe irgendwo?

Nein! Die Luft ist rein, das Bad ist leer!

Beeil dich! Und lass dich in dem Aufzug nicht von der Alten erwischen!

Schon weg! Danke!

Welche Alte? Und wo steckt überhaupt der Prinz? Seine Eltern warten schon am Empfang!

Ääääh ...

Du kleine Plappertante, das hab ich dir im Vertrauen erzählt.

Ha ha ha, keine Sorge, Ryu. Unsere Leser werden ganz bestimmt nichts weitererzählen!

Charakterdesign Violet
Das hier sind Violets finale Charakterdesigns.

Praktischer Zopf

Kapuze

Bequemes Stoffmieder

Diese Kleidung trägt sie in Band 1 & 2 am häufigsten.

Dunkler Rock

Dieses Outfit hatte sie an, als sie mit Luisa aus Asteria geflohen ist. Leider trägt sie dieses Kleid nur in Kapitel I.

Eine Übersicht, an welchen Fingern Violet ihre Ringe auf der Flucht trägt.

Violets Tanzkleider, die sie in Band I & 2 trägt.

Das zweite Tanzoutfit hat Kane selbst ausgesucht.

Merchandise-Ideen

Neben unseren wunderschönen Acrylaufstellern, die ihr bereits
im Webshop von altraverse finden könnt, haben wir noch so
viele weitere süße Ideen für Merchandise im Kopf. Mal sehen,
was die Zukunft noch so bringt. :D

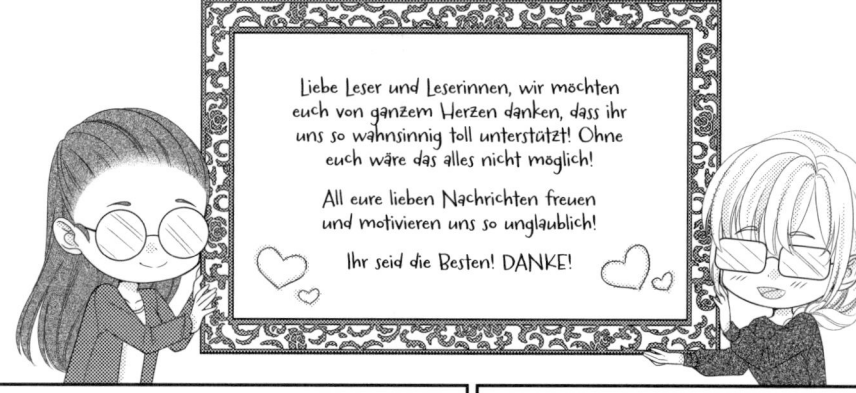

Auch unseren Familien sowie Freundinnen und Freunden möchten wir danken, denn sie unterstützen uns tatkräftig und sind immer für uns da. Wir sind so froh, dass es euch gibt!

altraverse

Ganz besonders möchten wir Jo danken, der so viele kreative Ideen mit uns ins Leben gerufen hat und stets an uns glaubt! Du bist der beste Chef, den man sich vorstellen kann!

Und natürlich gilt unser Dank auch dem supertollen Team von altraverse! Wir können uns keine besseren Kollegen und Kolleginnen vorstellen!

Jenny Liz & Sabrina Steinert

Schon seit ihrer frühen Kindheit sind Jenny und Sabrina große Anime-Fans.

Durch ihr gemeinsames Interesse am Zeichnen und Geschichtenschreiben kam es unter dem Künstlernamen Fayliz zu einer ersten Zusammenarbeit für das Zeichenbuch *Manga goes Color*, das 2014 im Frech Verlag erschien.

Von 2017 bis 2022 veröffentlichten sie die vierteilige Shojo-Romanze *Küss mich... NICHT!* im Eigenverlag.

Seit 2023 sind sie bei altraverse unter Vertrag und arbeiten an ihrer aktuellen Serie *Die Tänzerin des Königs*.

Instagram: @jennylizmanga
Twitter: @jennylizmanga

Instagram: @sabiKreativ
Twitter: @sabi_kreativ

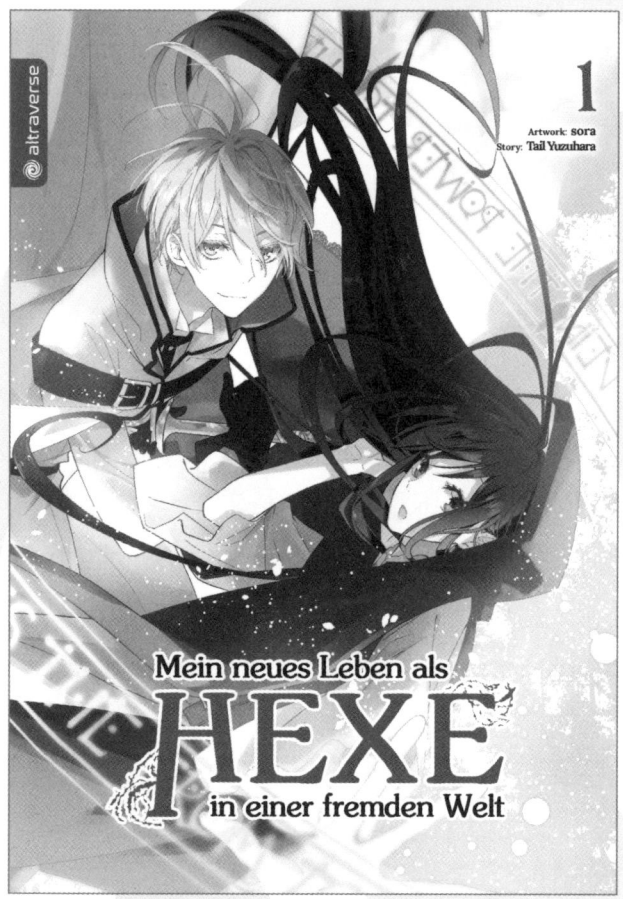

Mein neues Leben als Hexe in einer fremden Welt

sora | Tail Yuzuhara

Als die zurückgezogene Sena auf ihrem Schulweg stirbt, beginnt für sie ein neues Leben in einer anderen Welt. Ausgestattet mit magischen Kräften will sie endlich aufgeschlossener werden, doch sind diese zu gefährlich und sie meidet die Außenwelt. Bis eines Tages der Prinz Keith ihren Weg kreuzt.

Green Garden
Sozan Coskun

Auf der Suche nach ihrem Vater begibt sich Mai zur legendären Traumwerkstatt von Professorin Vendricks, die mit Mais Vater an einem Forschungsprojekt gearbeitet hat. Die beiden kamen dem dunklen Geheimnis einer schier unerschöpflichen Energiequelle auf die Spur, für die die Menschheit einen sehr hohen Preis zahlt. Als Mai den Laden betritt, ahnt sie nicht, dass dies der Beginn einer Reise ist, die ihr ganzes Land verändern wird ...

altraverse

Originalausgabe
Altraverse GmbH – Hamburg 2023

Die Tänzerin des Königs 02
© 2023 Jenny Liz / Sabrina Steinert / Altraverse GmbH
Verwendete 3D-Modelle: © ACON3D
All rights reserved.

Redaktion: Joachim Kaps
Herstellung: Cathrin Hamester
Lettering: Vibrant Publishing Studio

Druck: CPI books GmbH, Leck
Printed in Germany

ISBN 978-3-7539-0585-3
1. Auflage 2023

www.altraverse.de